O LOUCO
DO MEU BAIRRO

ANNA FLORA

ILUSTRAÇÕES
MIA

editora ática

O louco do meu bairro
© Anna Flora, 1994
© Anna Flora Ferraz de Camargo Coelho,
Representada por AMS Agenciamento
Artístico, Cultural e Literário Ltda.

Editora	Lenice Bueno da Silva
Editora assistente	Anabel Ly Maduar
Coordenadora de revisão	Ivany Picasso Batista
Revisora	Elza Mendes

ARTE
Editor	Alcy
Editoração eletrônica	Eliana S. Queiroz

CIP-BRASIL. CATALOGAÇÃO NA FONTE
SINDICATO NACIONAL DOS EDITORES DE LIVROS, RJ

F65L
6.ed.

Flora, Anna
  O louco do meu bairro / Anna Flora ; ilustrações Mia. - 6.ed. - São Paulo : Ática, 1999.
  32p. : il. - (Boi Voador)

ISBN 978-85-08-06032-0

  1. Discriminação - Literatura infantojuvenil. 2. Diferenças individuais - Literatura infantojuvenil. 3. Literatura infantojuvenil brasileira. I. Miadaira, 1956-. II. Título. III. Série.

09-5847.   CDD: 028.5
                                            CDU: 087.5

ISBN 978 85 08 06032-0
CAE: 228466
2017
6ª edição
17ª impressão
Impressão e acabamento: Corprint Gráfica e Editora Ltda

Todos os direitos reservados pela Editora Ática, 1996
Av. Otaviano Alves de Lima, 4400 – CEP 02909-900 – São Paulo, SP
Atendimento ao cliente: 4003-3061 – atendimento@atica.com.br
www.atica.com.br

IMPORTANTE: Ao comprar um livro, você remunera e reconhece o trabalho do autor e o de muitos outros profissionais envolvidos na produção editorial e na comercialização das obras: editores, revisores, diagramadores, ilustradores, gráficos, divulgadores, distribuidores, livreiros, entre outros. Ajude-nos a combater a cópia ilegal! Ela gera desemprego, prejudica a difusão da cultura e encarece os livros que você compra.

"Todo bairro tem um louco
que o bairro trata bem
só falta mais um pouco
pra eu ser tratado também"

(Paulo Leminski)

*Esta história surgiu de uma conversa com o Bode: o louco do
bairro dele sempre andava com um louquinho do lado.*

uando eu era pequena, morava num bairro só de casas. O lugar era tão calmo que nós podíamos brincar no meio da rua. Parecia uma cidade do interior, apesar de ser São Paulo.

A turma do quarteirão era composta por dez crianças, sete meninos e três meninas: eu e duas gêmeas, minhas vizinhas. Uma era a Flávia e a outra, a Andréa.

A Flávia andava sempre com uma maria-chiquinha amarela e a Andréa, com uma azul, senão ninguém as reconhecia. Por fora, eram iguaizinhas, mas tinham gostos diferentes e sabiam ser independentes: nunca se vestiam do mesmo jeito e cada uma defendia sua própria opinião. Eram muito legais.

Junto com os meninos, aprontávamos pra burro: jogávamos bolinhas de papel higiênico molhado no quintal da dona Natália (uma alemãzona de dar medo), fechávamos a rua para fazer campeonato de rolimã, nos fantasiávamos de fantasma para dar susto nas pessoas… ficávamos na calçada inventando brincadeiras, até nossas mães virem chamar:

– Criançada! O jantar está na mesa!

Mas havia uma coisa que era mais legal que qualquer brincadeira: fugir do guardinha louco.

Porque o bairro, assim como tinha o quitandeiro, o bananeiro de caminhão, o homem do ferro-velho, tinha também o seu louco.

Era um moço de uns quinze anos, usava sempre uma camisa roxa, sapatos vulcabrás com um pé sem cordão, óculos de lentes grossas tipo "fundo de garrafa" e um apito no pescoço, com o qual ele comandava o tráfego. Só que a rua não tinha trânsito nenhum!

Por isso, nós o chamávamos de "Guardinha Louco".

Quando surgia na esquina, todo mundo corria atrás gritando:

— *Guar-di-nha lou-co! Guar-di-nha lou-co!*

Ele ficava uma fúria e vinha atrás de nós apitando. O pessoal corria em disparada e ia se esconder na casa do Vadico. Olhávamos pelo muro e lá ia ele embora, apitando ao léu, gesticulando muito e falando sozinho:

— A senhora vai ser multada. Aqui não pode estacionar. Não aceito gorjetas. Vamos circular, circular…

Até que era um doido manso… fora essas corridas, não fazia mal nenhum. Ninguém sabia onde morava nem do que vivia.

A nossa transa com ele se limitava a essas provocações. E assim ia o bairro: nós brincando e o louco apitando.

Foi quando aconteceu uma coisa que acelerou o ritmo dos acontecimentos: a Flávia e a Andréa se mudaram. O pai delas tinha conseguido um emprego

no Rio de Janeiro e elas iam morar em Ipanema.

— Lá tem mar! — me diziam. — Você pode nos visitar!

— Nós vamos escrever cartas e nos corresponder!

No fundo, eu sabia que diziam isso só para me animar. Ficaram tão chateadas quanto eu. Não estava nem um pouco interessada em trocar minhas amigas por nenhum mar deste mundo.

Mas não teve jeito. Dali a uma semana elas foram embora.

Foi assim que eu fiquei sendo a única menina da turma da rua.

Comecei a perceber umas coisas estranhas: os meninos, que antes me convidavam para todas as brincadeiras, começaram a me deixar de fora:

— Você não pode entrar no jogo porque enfraquece o time.

— O passeio de bicicleta é muito puxado pra menina.

O Vadico me dizia:
— Não posso mais brincar de boneca com você. Mês que vem vou fazer nove anos, o que não dirão os outros?
Eu fiquei desconsolada:
— Mas antes todos nós brincávamos de tudo! Eu jogava capoeira, vocês brincavam de casinha e ninguém reclamava!
— Mas agora é diferente. Não tenho mais tempo...
Foi assim que eu comecei a me sentir cortada por eles. A coisa estourou com o campeonato de estilingue.
Era assim: todo ano, durante o mês de setembro, nós fazíamos um campeonato.
Dessa vez, o prêmio ia ser ótimo: dez saquinhos de mamona para quem acertasse o alvo mais vezes. Eu tinha sido campeã do ano passado e estava doida de vontade para entrar. As inscrições teriam que ser feitas com o Igor. Lá fui eu.

— Não pode – disse ele.

— Mas como, se da outra vez quem ganhou fui eu? Vocês estão é com medo de que eu vença novamente...

— Agora menina não participa mais. Sinto muito... teve votação, a maioria decidiu assim.

— Mas eu não votei! – reclamei.

— Ah! – disse o Igor. – Eu não sei dessas coisas...

— Pois eu sei! – disse ressentida. – É porque agora eu estou sozinha!

O Igor olhou para baixo e eu fui embora. Estava tão triste que sentei na calçada e fiquei pensando que ninguém mais era meu amigo. Foi aí que o Louco apareceu e sentou do meu lado. Estava tão chateada que nem fiquei com medo. Para espanto meu, ele se virou e disse:

— Você tá triste porque esses meninos sempre estão te colocando pra fora, não é?

Fiquei admirada e perguntei:
– Como você sabe?
– Ora – falou ele. – Eu sou louco, mas não sou bobo... percebo quando as coisas estão acontecendo. Desde que aquelas duas foram embora, eu passo pela rua e quase não vejo você... nem correndo de mim na hora do apito você está mais... se eu fosse você não ficaria assim, mas você não é eu...

Não sei por quê, mas comecei a achar o Louco simpático.
– É que eu estou me sentindo muito só... acredita que nem do campeonato de setembro eles estão deixando eu participar? Logo eu que tenho a melhor mira do bairro!...
– Pois "seu" fosse você (reparei que ele tinha mania de dizer isso – tava sempre querendo ser os outros) participaria mesmo assim!
– Mas eles não querem nem me inscrever!

— Deixa eles competirem. Depois você desafia o campeão pra uma estilingada amistosa…

Olhei para ele surpreendida:

— Sabe que você não é tão louco assim?

Ele deu uma risada e ficou bonito: fazia umas covinhas quando ria.

— Não deixa de ser uma boa ideia – confirmei. – Vou pensar no assunto…

Nessa altura da conversa os meninos apareceram e começaram a gritar:

— *Há, há, há*, ela é amiga do Louco! *Há, há, há!*

Fiquei louca da vida e respondi:

— Pois eu prefiro ser amiga dele do que de vocês! Eles começaram a gritar:

— *Guar-di-nha…*

Dessa vez, eu saí junto com o Doido correndo atrás deles.

No dia seguinte, voltando da escola, vi o Maluco sentado em cima do muro comendo umas goiabinhas.

— Olá! – disse eu passando por ele. – Ontem esqueci de perguntar o seu nome. Como você se chama?

— Pedro só.

— Pedro Só??

— Não! Só Pedro. Mas pode me chamar de Guardinha – e apitou em seguida.

— Onde você conseguiu esse apito? – perguntei.

— No hospício – respondeu. – Lá encontrei cinco

internos que também eram guardas feito eu. Só que nessa época eu só assobiava, não tinha apito. Eles me deram este de presente.

Dizendo isso, pulou do muro, sentou do meu lado e ofereceu uma goiabinha para mim (por sinal, bichada).

– Você fica muito tempo internado?

– Não! Só quando os homens de branco me acham na rua. Daí eles me levam embora.

– Onde você mora?

Em vez de responder, ele foi para o meio da rua e ajudou um cego a atravessar.

— Obrigado, seu guarda! — disse o cego sem ver o Louco.

— De nada — respondeu.

Virando-se para mim, continuou:

— Você já começou a treinar a pontaria?

— Já — respondi. — Estou fazendo o que você sugeriu, ando meio sem prática…

— "Prática" tem acento? — perguntou.

— O quê??? Pra que você quer saber isso?

— Gosto das palavras com acento… elas têm personalidade!… as proparoxítonas, então!… são lindas!

Percebi que o papo estava ficando sem pé nem cabeça. Resolvi pirar junto com ele:

— Pássaro! — disse.

— Cântico! — respondeu.

— Sílaba! — sugeri.

— Pílula!

Nesse instante, o Vadico passou pela calçada e não me cumprimentou.

— Ele tá com ciúme — falou o Pedro.

— Será? — disse. — Acho que não… por quê?

— Não sei… eu sinto… tenho um grilo dentro de mim que não me engana…

— Gosto muito de bichos — agora era minha vez

de endoidar –, tive uma coleção de grilos. Meu irmão jogou fora.

– Você tem irmão? – ele perguntou. – Eu tinha uma irmã que sonhava ser avestruz. Morreu com o pescoço entalado no ralo, sabe?

– Nossa! Que horror! Eu não sabia... desculpe...

– Não tem de quê. Por isso, eu prefiro ser doido pra cima, apito pro céu: assim não há perigo de ficar com a cabeça pra baixo, feito minha irmã.

Reparei que já estava anoitecendo.

– Tenho que ir. Tchau, Pedro!

– Tchau! Até amanhã ou nunca mais!

Quando cheguei em casa, o Vadico estava me esperando.

– Preciso conversar com você – ele falou.

– O que é? – eu disse já meio adivinhando.

– É sobre o Guardinha Louco. Tá todo mundo caçoando de você.

– Não me interessa. Eu converso com quem eu quero. Por que vocês estão preocupados?

– Você não tem medo?

– Não – respondi. – Sabe que ele não é tão sem juízo assim? Fala umas coisas bem sensatas...

– Ah, essa não! Quem tá lelé é você!

– Verdade, Vadico! – insisti. – Qualquer dia eu o apresento. Ele é uma pessoa legal!

– E o que tanto vocês conversam?

— Coisas da vida… (e como quem não quer nada, perguntei:)

— Quando vai ser o campeonato de estilingue? Eu quero assistir.

— Daqui a uma semana será a decisão final. Vai ser lá no campinho de futebol.

Em seguida, a mãe do Vadico veio chamá-lo para ele ir jantar e nós nos despedimos.

Durante a semana toda, quando eu chegava da escola, sempre encontrava o Pedro dependurado em algum lugar: segunda-feira, em vez de sentado no muro, ele estava em cima de um poste de luz.

— Uai, Pedro! — disse assim que o vi. — Desistiu de ser guarda, virou eletricista?

— Só nas horas de folga! — ele respondeu dando risada.

Na terça-feira o encontrei de ponta-cabeça no ipê-roxo, em frente da casa do italiano.

— E agora, Pedro?

— Hoje sou um bicho-preguiça. Sinto muito, mas não tenho vontade de conversar. Estou com sono. Bicho-preguiça não fala.

No dia seguinte, lá estava ele com um pedaço de pano branco amarrado num pauzinho feito uma bandeira.

– O que é? – perguntei. – Juiz de futebol?

– Não. Tô pedindo trégua pro bairro, pra ninguém me perseguir mais... e o campeonato, como vai?

– A decisão final vai ser daqui a dois dias. Eu tô treinando no quintal lá de casa, mas tenho receio... o Zé Miguel tá ganhando, está um craque... e se eu o desafio e perco? Vai ser um vexame...

– E daí? – retrucou Pedro. – O importante é tentar...

Até que chegou o dia. Eu sentia até uma dorzinha no estômago, como se fosse fazer prova de matemática.

Cheguei no campinho junto com Pedro. Todo mundo se espantou, mas ninguém saiu gritando *Guardinha Louco*. Alguns não disseram nada, outros tentaram me impedir:

– Menina não entra!

– Não entra pra competir – disse olhando firme – mas pra assistir ninguém me falou nada.

Eles pareceram meio sem saber o que fazer e resolveram me deixar ficar. Eu prestava muita atenção no jeito do Zé Miguel jogar: ele era canhoto e tinha uma esquerda incrível. O estilingue ficava meio torto, parecia que não ia acertar, mas a mamona saía voando e... *Ziiimmmm!!* – batia em cheio no alvo.

– Ele é bom pra burro – comentei baixinho.

– Ele é forte, mas você é esperta...

As regras eram assim: os dois concorrentes ficavam atirando durante meia hora. Quem acertasse mais, vencia. Faltavam só dez minutos para acabar a partida final e o Zé Miguel estava invicto, com cinco alvos na frente do Luís Guilherme.

É claro que ele venceu. Assim que recebeu o prêmio, Pedro me disse:

— Vai lá! É agora!

E eu fui. Atravessei o campinho, cumprimentei Zé Miguel e falei:

— Você quer competir comigo?

— Com você??? — e ele deu uma gargalhada. — Era só o que faltava! Você é menina...

— Menina não pode participar, mas o campeonato já acabou... estou é propondo um desafio entre nós dois.

Ele me olhou de alto a baixo e falou displicente:

— Eu estou meio cansado, mas mesmo assim eu

topo. Dê dez minutos de descanso.

Ficou um disse que disse imenso:

– Mas como ela é cara de pau!

– Tô pagando pra ver...

– Ela ganhou no ano passado, mas daquela vez o Zé estava viajando.

Passou um tempinho. Fomos os dois para o meio de campo. A turma fez um semicírculo. Todos na maior expectativa.

— As regras são as mesmas — eu propus —, par ou ímpar pra ver quem começa. *Par!*

— *Ímpar!* — falou Zé Miguel.

Ele começou. A mamona voou feito uma flecha no lugar exato.

Fiz minha mira, mas estava tão nervosa que errei. Nos quinze primeiros minutos ele já estava três pontos na minha frente.

Eu ouvia os comentários:

— Ela vai se dar mal... bem que eu disse...

— Bem feito! Quem manda enfrentar o mais forte!

Foi daí que me deu um estalo: para que eu estava preocupada em vencer? — E falando para mim mesma — *o que eu quero é continuar na turma, não é ganhar do Zé Miguel!*

Por incrível que pareça, ao perceber isso, fui ficando calma, relaxei o braço, dei uma esticada boa no estilingue e...

Toooiiimmmm!!!! acertei em cheio.

Depois de cinco minutos eu já estava empatada. Mais um pouco e eu vencia de cinco a três. Todo mundo estava mudo. Só Pedro batia palmas.

Quando faltava só um pouquinho para acabar, e eu já estava com sete na frente, cheguei para o Zé Miguel e falei:

— Não quero mais.

Até o Pedro ficou chocado.

Depois desse dia, nenhum menino mais teve coragem de me dizer *isso não é coisa pra mulher*. Eles voltaram até a brincar de boneca comigo.

Eu continuava mais amiga do que nunca do Pedro. Conversávamos sempre que eu voltava da escola, mas tinha uma coisa que me entristecia: os meninos não o aceitavam.

— Ele é louco demais pro meu gosto — falava Vadico.

— Só é divertido fugir dele — reforçava o Vicente.

— Eu não sei como começar a conversar com ele — dizia o Murilo.

Não adiantava nada eu falar que, no fundo, o Guardinha era um amigo legal.

— Se não fosse ele — eu dizia — agora estaria sem amigos e vocês não teriam mudado de opinião.

Mas eu não conseguia convencê-los. Até que chegou um dia...

21

Estávamos jogando vôlei na rua. O Guardinha assistia enquanto conversava com um gato que ele tinha achado.

Tudo corria normalmente até a hora em que a bola caiu no quintal de dona Natália. Eu já falei dela aqui na história.

Era uma alemãzona, muito alta e gorda. Morava sozinha e vivia lustrando o chão. Nós a detestávamos: ela nunca devolvia nada que caía na

sua casa. Por isso, quando a bola foi parar bem em cima da sua roseira, nós nos entreolhamos:

— Quem é que vai buscar?

— Vamos tirar a sorte — sugeri.

— Eu não vou — falou Zé Miguel. — Da última vez que caiu meu papagaio lá, eu fui pedir e ela bateu a porta na minha cara.

— Vamos todo mundo, então!

— Mas quem é que fala com ela?

Ficou o impasse de novo, até que o Samuel teve uma ideia:

— Cada um fala um pedaço.

— Como assim? — perguntei.

— Que nem o jogral da escola! Vamos ensaiar: a gente toca a campainha enfileirados um do lado do outro. Você fala:

Dona Natália!

Em seguida eu continuo:

A senhora poderia...

Daí, o Vadico prossegue:

devolver a nossa bola

E o Zé arremata:

que caiu no seu quintal?

e todos juntos: *por favor?*

Resolvemos fazer isso. Ensaiamos três vezes. Na hora em que a alemãzona apareceu, todos se atrapalharam:

— Dona Natália, a senhora, por favor, poderia devolver o seu quintal que caiu na nossa bola?

— Não vou *devolverr* bola alguma (ela falava carregado), vocês *estragarrrom meu* roseira.

E bateu a porta.

Nós ficamos fulos. Xingamos a alemãzona de tudo que era nome. Foi aí que o Pedro se aproximou:

— Eu posso ajudar vocês — disse. — Eu me disfarço de jardineiro, digo que vou arrumar a roseira dela e daí pego a bola.

Todos olharam felizes e espantados. Que ideia ótima!

— Mas não adianta — falou Vadico. — A dona Natália tem um jardineiro que trabalha pra ela toda semana…

— Eu posso me disfarçar de vendedor de enciclopédia… — Pedro prosseguiu.

— Mas como você vai pegar a bola desse jeito?

— Uma vez estando lá dentro, eu me viro!

Todos estavam comovidos com a generosidade do Guardinha… só sendo muito pinéu…

— Então está combinado! — eu falei. — Vou ver no meu baú de fantasia se tenho alguma roupa que sirva no Pedro.

— Meu pai tem um terno que ele não usa mais — falou outro.

— Lá em casa temos uma enciclopédia sobre

24

futebol! – sugeriu Joaquim. – Assim talvez sirva de pretexto pro Pedro perguntar se na casa tem alguma bola.

– É isso aí!

Combinamos que nos encontraríamos no dia seguinte naquela mesma hora para fantasiarmos o Guardinha.

Assim foi feito: o Nestor apareceu com um terno do pai, todo antigo, de tergal brilhante verde fosforescente. Eu levei uma gravata vermelha com bolinhas azuis e o Mané trouxe uma pastinha 007 meio velha, mas ainda num bom estado.

Quando nós o fantasiamos, o Louco ficou parecido com vendedor de eletrodomésticos do Mappin. Ficou tão gozado que eu até fiquei com pena.

Enquanto ele foi tocar a campainha com a enciclopédia na mão, nós ficamos de butuca espiando pelo muro. A janela da sala da alemãzona estava aberta e a turma esticou o pescoço para não perder nada da cena.

— Minha senhora — ele falou meio já entrando na sala —, sou Benevides Beleléu, estou aqui para servi-la vendendo saber e alegria!

(Acho que ela colecionava fascículos, porque atendeu o Guardinha sem muita dificuldade.)

— Queira entrar, por favor... o senhor tem uma cara conhecida...

(Do muro, nós víamos Pedro representar.)

— A senhora pode comprar a coleção toda em cinco prestações sem juros!

Dona Natália folheava e dizia:

— Gosto muito de comprar coisas...

— Ah! Mas então a senhora tem que ficar com a nossa enciclopédia!

(Eu estava querendo saber que desculpa o Louco ia usar para falar da bola no meio da conversa.)

Não demorou muito:

— Olhe só essas fotos, que bem tiradas! É para mostrar ao leitor como os passes dos jogadores são feitos... a senhora, por favor, teria uma bola aí, para eu mostrar como é?

— Espere um pouco — ela falou se levantando —,

ontem uns moleques jogaram uma no meu quintal.
    Quando voltou, a alemãzona trazia a bola nas mãos. Pedro a tomou rapidamente e disse:
    — Eu não sou vendedor de enciclopédia coisa nenhuma! Sou amigo desses "moleques" que jogaram a bola na sua casa!
    Dona Natália só faltou desmaiar:
    — Mas então, você é…
    — O Guar-di-nha Lou-co, minha senhora! E fico mais doidão ainda na frente de velhas pirracentas, sabia?

A alemã estava com medo, mas reagiu: tentou tomar a bola, mas Pedro foi mais ágil; desviou o corpo pela esquerda, jogou a bola pela janela e nós a pegamos do outro lado do muro.

Dona Natália não se fez de rogada: atirou a enciclopédia na cara do Guardinha, espatifando seus óculos de lentes grossas. Pedro ficou tateando na sala sem enxergar nada.

Não tivemos dúvida: pulamos o muro, invadimos a sala, amordaçamos a alemã, Zé Miguel deu uma chave de braço nela e daí nós falamos:

— A gente só solta a senhora se nos prometer que de agora em diante vai devolver tudo o que cair no seu quintal!

Ela fez que "sim" com a cabeça e nós a libertamos.

— Por favor, tirem esse louco daqui... – ela pediu tremendo.

— Vamos todos nos retirar, não se preocupe... Ah! Tem uma coisinha a mais: a senhora não vai contar pra *ninguém* isso que aconteceu, tá? – eu falei de um jeito bravo.

— Está bem... – respondeu.

Saímos felizes com a vitória, jogando a bola no ar.

— E pro Pedro, nada? – puxou o Luís Guilherme.

— Tudo! – gritamos em coro.

— E como é que é?

— É! É pique, é pique, é pique--pique-pique!

— É hora, é hora! É hora, hora, hora!

— Rá! Tchim! Bum!

— *Pe-dro!! Pe-dro!!*

Ele ficou comovido e começou a dançar. Dançamos junto com ele.

Até que alguém se lembrou:

— O Pedro ficou sem óculos!

— É mesmo! Como vamos fazer? – perguntou Vadico.

— Eu me viro – disse ele – não tenho dinheiro mesmo... além disso, o mundo aqui fora anda tão poluído que eu prefiro ficar olhando pra dentro...

No dia seguinte, a turma toda fez uma vaquinha com as mesadas e nós compramos óculos novos para ele.

Pedro ficou tão agradecido que até chorou, mas, nos olhando divertido, comentou:

— Eu me sinto feliz por pertencer a esta turma, mas faço questão de continuar correndo atrás de vocês!

Não esperamos segunda ordem:

— *Guar-di-nha lou-co! Guar-di-nha lou-co!*

E saímos em disparada pela rua.

Tem um detalhe: o Guardinha Louco foi meu primeiro namorado. Mas isso fica para uma outra história.

Foto *Luz Bittar*

Anna Flora escreve para crianças desde 1984. Já publicou vários livros, entre eles: *A sereia sirigaita e o saci tiririca* e *Ariovaldo, o bode expiatório*. Ela leva tão a sério sua arte que até a tese de mestrado que defendeu sobre teatro teve criança e literatura no meio. Em *O louco do meu bairro*, Anna fez assim: pegou um personagem meio esquisito e um cenário com criança brincando na rua numa cidade grande — coisa que criança de hoje nem sabe que já foi possível. Aplicou seu estilo bem-humorado, criou cenas inesperadas e transformou numa leitura superlegal.

Mia na verdade chama-se Gilberto Miadaira. É um arquiteto paulista que trabalha como ilustrador em várias revistas e jornais brasileiros. E ainda arruma um tempinho para tocar numa banda de rock e compor suas próprias músicas. Neste livro, Miadaira pegou seus lápis e pincéis e se transportou para o cenário criado por Anna Flora, colorindo e movimentando os seus personagens de forma engraçada e bem singular.